Analyse de l'œuvre

Par Agnès Thibault

La panthère des neiges

Sylvain Tesson

lePetitLittéraire.fr

Analyse de l'œuvre

Par Agnès Thibault

La panthère des neiges

Sylvain Tesson

Rendez-vous sur lepetitlitteraire.fr et découvrez :

Plus de 1200 analyses
Claires et synthétiques
Téléchargeables en 30 secondes
À imprimer chez soi

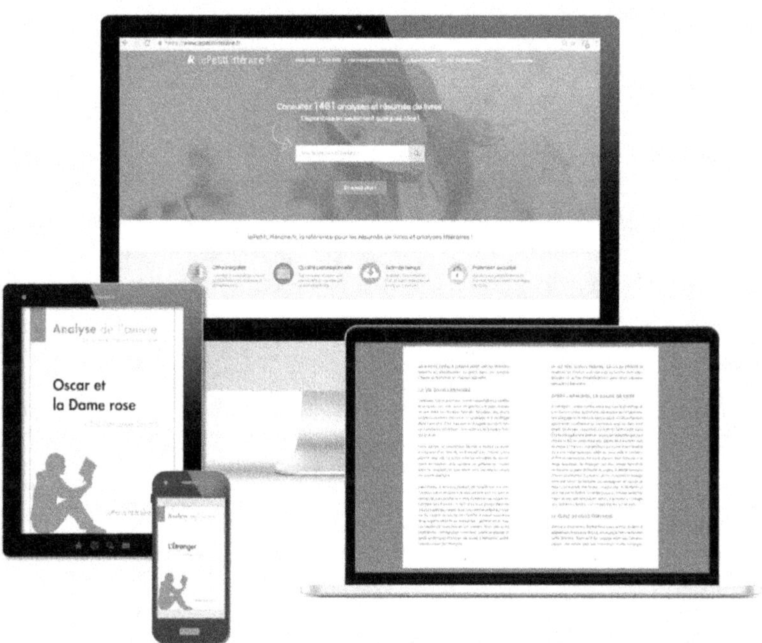

LA PANTHÈRE DES NEIGES   **5**

Un récit qui interroge les rapports entre l'homme
et les autres espèces   5

SYLVAIN TESSON   **7**

Écrivain français   7

RÉSUMÉ   **8**

ÉTUDE DES PERSONNAGES   **14**

Le narrateur   14
La panthère   14
Munier   15
Marie   16
Léo   16
La femme aimée et perdue   16

CLÉS DE LECTURE   **17**

Le récit de voyage, un genre à la croisée du roman,
de l'autobiographie, du documentaire et de l'essai   17
La recherche de la panthère, une quête initiatique   22
Un récit construit sur l'opposition
entre le monde sauvage et le monde moderne   25

PISTES DE RÉFLEXION   **30**

Quelques questions pour approfondir sa réflexion…   30

POUR ALLER PLUS LOIN   **32**

Édition de référence   32
Études de référence   32
Adaptations   32

LA PANTHÈRE DES NEIGES

UN RÉCIT QUI INTERROGE LES RAPPORTS ENTRE L'HOMME ET LES AUTRES ESPÈCES

- **Genre :** récit de voyage
- **Édition de référence :** *La panthère des neiges*, Paris, Gallimard, 2019, 176 pages.
- **1re édition :** 2019
- **Thématiques :** la nature, les espèces en voie de disparition, les rapports entre l'homme et le vivant, la spiritualité, l'art, le voyage, l'environnement.

La panthère des neiges est un récit de voyage de l'écrivain Sylvain Tesson, publié en 2019. L'auteur y raconte les journées qu'il a passées pendant un mois dans les montagnes tibétaines, aux côtés du photographe animalier Vincent Munier, à la recherche de la panthère des neiges, une espèce en voie de disparition. La découverte de ces espaces sauvages, et surtout des animaux qui les peuplent, est chez l'auteur le point de départ d'une réflexion philosophique et métaphysique sur la nature humaine, ses liens avec les autres espèces vivantes et sa responsabilité face à la détérioration du monde.

Le texte constitue un hymne à la panthère et aux animaux sauvages, notamment aux espèces disparues ou en voie de disparition.

Le récit est structuré en plusieurs chapitres très courts. Chacun d'entre eux propose, à partir de la narration d'un fait concret vécu par le narrateur – apparition d'un animal, découverte d'un nouveau lieu, échanges avec un autre personnage –, une pensée plus théorique – la place de l'homme sur terre, les concepts d'immobilité et d'attente, les liens entre l'absence et la présence, les façons d'habiter et de regarder le monde, l'art. Le livre oscille ainsi entre anecdotes et aphorismes, passages narratifs et passages réflexifs, récit et essai.

SYLVAIN TESSON

ÉCRIVAIN FRANÇAIS

- **Né en 1972 à Paris**
- **Quelques-unes de ses œuvres :**
  - *Dans les forêts de Sibérie* (2011), récit de voyage
  - *Un été avec Homère* (2018), essai
  - *Un été avec Rimbaud* (2021), essai

Né en 1972, Sylvain Tesson est un écrivain français et un grand voyageur. Après des études de géographie, il a, entre ses 20 et 30 ans, réalisé le tour du monde en vélo, traversé l'Himalaya à pied et parcouru les steppes d'Asie centrale à cheval. Peu de temps après le décès de sa mère en 2014, il chute de la façade d'une maison qu'il entreprenait d'escalader. L'accident lui laisse des séquelles physiques, notamment une paralysie faciale. Ces deux épreuves le marquent profondément.

En tant qu'écrivain, il est principalement connu pour ses récits de voyage, notamment *Dans les forêts de Sibérie*, qui a reçu le prix Médicis en 2011, et *La panthère des neiges*, qui a reçu le prix Renaudot en 2019. Il a également écrit plusieurs nouvelles et essais, et réalisé des albums photographiques. Bien que disparate sur le plan formel, son œuvre est traversée par le thème du voyage et la question environnementale. L'écriture de Sylvain Tesson se caractérise par un style humoristique et souvent incisif, le recours fréquent aux aphorismes et un certain lyrisme dans la description de la nature. On retrouve ces caractéristiques dans l'ensemble de ses livres.

RÉSUMÉ

Initiation à l'affut

Après avoir rencontré le narrateur, Sylvain Tesson, lors de la projection de son documentaire sur le loup d'Abyssinie, le photographe Vincent Munier l'invite à observer avec lui des blaireaux dans une forêt, en suivant les techniques de l'affut, « art [...] consistant à se camoufler dans la nature pour attendre une bête ». Suite à cette expérience qui met le narrateur en joie, le photographe propose à ce dernier de l'accompagner sur les plateaux du Tibet pour photographier et filmer la panthère des neiges.

Des territoires altérés par le développement industriel

C'est ainsi qu'en février 2018, le narrateur embarque en direction du Tibet, en compagnie de Vincent Munier, de sa compagne Marie, cinéaste, et de son aide de camp Léo, ancien étudiant en philosophie. Après avoir atterri dans une province orientale du Tibet, les quatre compagnons traversent une partie du pays pour atteindre une steppe riche en gibier. Cette traversée de trois jours amène le narrateur à constater l'emprise du gouvernement chinois sur le pays, visible notamment dans la façon dont le territoire a été aménagé.

L'attente sacrée des animaux

Le groupe s'installe d'abord au-dessus d'une vallée peuplée de yaks (ruminants) à plus de 4000 mètres d'altitude, pour une dizaine de jours. Chaque matin, à l'aube, ils quittent la cabane de torchis dans laquelle ils dorment, montent sur les crêtes et, postés à l'affut, passent leurs journées à attendre l'apparition des animaux. Ils aperçoivent entre autres des yaks, des loups, des renards, des gazelles. La posture de l'affut, dans des conditions de froid extrême, rappelle au narrateur les moments de prière vécus dans son enfance.

La vallée du taoïsme

Le dixième jour, ils partent vers l'ouest du pays, traversent le Chang-Tang, plateau de haute altitude, pour s'installer au bord du lac Yaniugol, lieu dans lequel aurait résidé le Tao, principe originel dans la pensée chinoise. Commence alors une longue ascension d'un sommet dans des conditions extrêmes – les températures ne dépassent pas les -20 degrés et les compagnons du narrateur portent plus de 30 kilos de charge –, à l'issue de laquelle les quatre voyageurs ne voient aucune bête. Munier estime que l'absence des animaux est liée à la présence de bulldozers dans la région. Ils redescendent donc vers le lac, bredouilles. Cette expérience de l'absence conduit le narrateur à établir des liens entre le paysage désertique et la philosophie taoïste, qui préconise la quiétude.

La responsabilité de l'homme
dans la disparition des autres espèces

Munier décide ensuite de rejoindre la vallée du Mékong, dans l'est du Tibet, où résideraient, selon lui, les dernières panthères survivantes. Le terme « survivantes » amène l'écrivain à lier la disparition des panthères à la prolifération des hommes sur la planète. Il commente à ce propos de manière ironique un verset de la Bible dans lequel Dieu dit à l'homme : « Soyez féconds, multipliez, remplissez la Terre et l'assujettissez » (p. 88). L'augmentation du nombre d'êtres humains implique en effet une raréfaction des espaces inhabités par l'homme, donc des espaces sauvages, et par conséquent, une disparition des animaux sauvages : « Nous étions huit milliards d'hommes. Il restait quelques milliers de panthères » (p. 88).

La quête de la femme aimée

Le trajet entre le lac Yaniugol et la vallée du Mékong permet à Sylvain Tesson d'observer l'amour qui lie Munier et Marie, ce qui le conduit ensuite à évoquer ses propres sentiments amoureux. Il raconte son amour pour une femme qui l'a quitté quelques années auparavant. Voir la panthère serait pour lui une façon de la retrouver.

Une fois arrivé dans la vallée, le groupe est hébergé pour dix jours par une famille de bergers nomades qui gardent des troupeaux de yaks sur la rive gauche du Mékong. Dans la bergerie, les conditions de vie sont très difficiles :

il n'y a ni électricité ni eau courante, alors que les températures avoisinent les -20 degrés.

Une rencontre fugace

Tous les matins, les quatre compagnons se dirigent vers le canyon et se postent en hauteur pour attendre la venue de la panthère. Au bout du deuxième jour, ils finissent par l'apercevoir au pied d'un rocher. Le narrateur compare cette vision à une apparition religieuse et reconnait dans l'attitude de la panthère celle d'un souverain.

La faculté à voir l'indiscernable

Les jours suivants, la panthère ne réapparait pas, mais les enfants de la famille tibétaine viennent rejoindre les quatre observateurs dans leurs cachettes. Le narrateur compare d'un œil amusé le comportement et la vie de ces trois enfants – qui passent leurs journées dans le froid à diriger des animaux beaucoup plus grands qu'eux – avec ceux des enfants occidentaux. Munier leur montre une photo qu'il a prise un an auparavant, sur laquelle on peut voir une panthère. Alors que le narrateur a mis un certain temps à discerner la panthère camouflée derrière le paysage, les enfants l'aperçoivent immédiatement. Sylvain Tesson estime que cette faculté de percevoir aussi vite la panthère est liée chez eux à leur regard encore neuf sur le monde.

Vision depuis la grotte

Une semaine après l'arrivée des quatre voyageurs, par un matin ensoleillé, la panthère fait son apparition pour la deuxième fois sur une arête, cherchant une proie parmi un troupeau de chèvres bleues, puis disparait sur un autre versant. Le groupe décide alors d'installer son campement dans une grotte leur offrant une vue sur le versant derrière lequel la panthère a disparu. En chemin, ils tombent sur le cadavre d'un yak que la panthère a attaqué. Ils déplacent le corps de l'animal, de façon à pouvoir voir la panthère depuis la grotte, au cas où elle se décidait à revenir manger sa proie. Au petit matin, la panthère est là. Revenue manger les restes de son repas, elle se trouve seulement à quelques mètres du groupe et les regarde sans peur. Les quatre compagnons la repèrent à nouveau le lendemain, sur un autre versant. À la grande joie du narrateur, elle reste à portée de leur regard toute la journée, puis disparait à la tombée du jour. Le matin suivant, le narrateur et ses amis ne la voient pas revenir. Ils décident alors de lever le bivouac et de rentrer à la bergerie.

Le retour en ville : une descente dans l'enfer de la technologie

Munier les emmène ensuite vers les sources du Mékong, qu'il souhaite photographier. Les compagnons y restent quelques jours, puis rejoignent la ville de Chengdu, dans laquelle ils passent une dernière soirée ensemble, avant de prendre l'avion pour Paris. Le récit se clôt par une description très sombre de Chengdu. L'évocation d'une fête foraine dans la ville amène le narrateur à questionner avec amertume et cynisme le devenir des animaux dans un monde altéré et envahi par la technologie.

ÉTUDE DES PERSONNAGES

LE NARRATEUR

La panthère des neiges est un récit autobiographique, le narrateur et l'auteur de l'histoire sont donc la même personne, à savoir Sylvain Tesson. Dans tout récit, même autobiographique, il faut toutefois distinguer l'écrivain, personne réelle, et le narrateur, personnage de papier qui n'existe qu'à travers le texte et qui est toujours le résultat d'une certaine mise en scène de soi.

Le livre met en scène un personnage plein d'humour, qui fait souvent preuve d'autodérision. Ainsi, dès le premier chapitre, le narrateur constate qu'à défaut d'être utile au groupe, il pourra leur faire des calembours. Cet humour se teinte souvent de cynisme quand l'écrivain évoque les atteintes de l'homme à l'environnement et au vivant.

Avant de rencontrer Munier, il se décrit comme une personne hyperactive, sans cesse en mouvement. La rencontre du photographe va peu à peu le transformer. Ce dernier lui apprend à rester tranquille, à regarder vraiment ce qui l'entoure, à être patient.

LA PANTHÈRE

Elle est érigée par le narrateur comme un idéal à atteindre, mais tout au long du récit, une incertitude pèse sur la possibilité de la voir. L'apercevoir est en effet présenté comme le fruit d'un long combat – combat contre l'attente, le froid, la frustration – réservé à une poignée d'initiés. D'ailleurs, le narrateur utilise un vocabulaire religieux pour évoquer ses apparitions, faisant d'elle une sorte de déesse primitive.

Elle est également décrite comme une souveraine, qui soumet le narrateur et ses compagnons à son bon vouloir. C'est elle qui décide du moment et du lieu où elle se manifestera aux êtres qui la cherchent.

Résolument féminine, elle est associée dans l'esprit du narrateur à deux femmes aimées et perdues, sa mère décédée et une femme qui s'est séparée de lui peu de temps auparavant.

Elle représente également la sauvagerie et le monde primitif, bien antérieurs à la venue des hommes sur terre.

MUNIER

Vincent Munier, que le narrateur appelle le plus souvent par son seul nom de famille, est dépeint comme un homme doux et bienveillant, amoureux des animaux. Cet amour pour les bêtes entraine chez lui un tel oubli de soi qu'il déclare un jour que son rêve serait d'être totalement invisible, afin de pouvoir les observer à loisir.

Le narrateur a une grande admiration pour lui, il évoque notamment sa capacité à communiquer avec les loups, son aptitude à voir le beau et à discerner l'invisible, son humilité.

MARIE

Cinéaste animalière, elle est décrite par le narrateur comme une femme belle et réservée.

Elle partage avec Munier son amour pour les animaux et la nature.

Le couple semble très soudé et profondément amoureux.

LÉO

Ce personnage tient moins de place dans le récit que Munier et Marie. On ne sait pas grand-chose de lui, si ce n'est qu'il est devenu aide de camp après avoir interrompu une thèse en philosophie. Si Munier est le compagnon avec lequel le narrateur partage son amour de la nature, Léo est celui à qui il confie ses réflexions philosophiques, voire métaphysiques, et ce dernier l'encourage en retour dans ses lectures philosophiques.

LA FEMME AIMÉE ET PERDUE

Elle n'a pas de nom dans le récit. Elle élève des chevaux et elle voue un amour inconditionnel aux animaux. Le narrateur semble l'avoir beaucoup aimée, voire idéalisée. Il avoue d'ailleurs s'être déjà senti indigne de son amour.

Elle est évoquée par des termes qui la rapprochent d'une fée ou d'une sainte et est associée à la panthère, ce qui lui donne une dimension irréelle, presque sacrée.

LE RÉCIT DE VOYAGE, UN GENRE À LA CROISÉE DU ROMAN, DE L'AUTOBIOGRAPHIE, DU DOCUMENTAIRE ET DE L'ESSAI

Sur le plan formel, *La panthère des neiges* appartient à la catégorie des récits de voyage, et de ce fait, l'ouvrage peut être classé dans différents genres, que ce soit l'autobiographie, le documentaire ou l'essai.

Caractéristiques du récit de voyage

Le récit de voyage est un livre dans lequel l'auteur raconte un voyage qu'il a effectué lui-même, les personnes rencontrées, les cultures découvertes. Au même titre que dans un récit autobiographique, l'auteur se doit d'être le plus sincère possible dans ce qu'il raconte, le plus proche possible de la réalité qu'il décrit.

Le récit de voyage peut être qualifié de genre sans lois puisqu'il peut aussi bien prendre la forme d'une auto biographie (les *Mémoires d'outre-tombe* de Chateaubriand) que d'un essai (*Tristes Tropiques* de Lévi-Strauss), ou d'une lettre (*Lettres d'un voyageur* de George Sand).

Dans les textes fondateurs du genre, on retrouve *L'Odyssée* d'Homère. Cette œuvre a eu une influence sur la pensée et l'écriture de Sylvain Tesson, comme ce dernier le souligne dans son essai *Un été avec Homère*.

Au Moyen Âge et à la Renaissance, le récit de voyage a une dimension scientifique : il se rapproche plutôt du genre de l'inventaire et de l'encyclopédie. Il devient vraiment une catégorie littéraire au XIXᵉ siècle. Les frontières entre fiction et réalité au sein du genre deviennent alors plus poreuses. *La panthère des neiges* est marquée par ce mélange entre science et littérature, entre description minutieuse de la réalité et récit imaginaire.

La panthère des neiges : un documentaire ?

Le récit se rapproche de la catégorie du documentaire par la précision géographique et historique apportée dans l'évocation des lieux. Les descriptions topographiques se doublent d'indications historiques retraçant l'évolution des endroits traversés, telles que pour la description de la bourgade de Yushu dans le chapitre intitulé « Le centre ».

Les animaux sont parfois eux aussi décrits de manière scientifique, notamment dans leur fonctionnement biologique. Par exemple, dans le chapitre intitulé « Le sacrifice du yak », on peut lire une explication détaillée de la technique de chasse de la panthère.

Sous certains aspects, le récit a donc une portée didactique, visant à expliquer au lecteur le comportement d'espèces animales peu connues.

La dimension subjective du récit est toutefois clairement assumée : le narrateur partage ses fantasmes, ses rêves, ses projections par rapport à ce qu'il voit.

Un livre à la lisière du roman

On trouve dans *La panthère des neiges* un certain nombre d'éléments romanesques. Le personnage de la femme aimée, par exemple, relève plus de la fiction que de la réalité dans la façon dont elle est décrite : elle est comparée à une fille des bois et à une nymphe. De même, la panthère constitue davantage un symbole de la sauvagerie et des temps passés qu'un animal réel. Le narrateur imagine ce qu'elle pense, la compare à un souverain, en fait le symbole d'un monde primitif.

De manière générale, le recours très fréquent aux métaphores donne à la narration une dimension fictionnelle. Chaque animal évoqué est ainsi personnifié : à partir de l'observation de son comportement, le narrateur projette des émotions et sentiments humains sur lui. Dans le chapitre intitulé « Les arts et les bêtes » (p. 109), chaque espèce animale est associée à une classe sociale. Les loups deviennent ainsi des « princes félons », les yaks des « gros bourgeois », les lynx des « mousquetaires » (p. 110), tandis que les chèvres et les ânes sont rapprochés du peuple. Par ailleurs, le texte est truffé de références mythologiques, littéraires ou artistiques qui enrichissent les espaces décrits d'un imaginaire tiré de livres et de tableaux. Le narrateur assume ainsi la subjectivité de son regard en mettant en avant les filtres avec lesquels il lit le monde. Ainsi, l'irruption d'un loup dans le chapitre intitulé « Le loup » (p. 39) lui fait peur, parce qu'il a lu plusieurs fables médiévales dans lesquelles le loup est dépeint comme un animal terrifiant. Il compare également le paysage à une école d'art et déclare ne connaitre les félins qu'à travers les représentations qu'en ont faites les artistes.

Un livre à la frontière de l'autobiographie

La panthère des neiges a également les caractéristiques d'une autobiographie, dans la mesure où elle constitue un témoignage sur l'auteur et sur son époque.

Sylvain Tesson y parle de sa vie personnelle, nous plonge dans son intimité en nous racontant une déception amoureuse, en nous partageant ses émotions et ses sentiments.

Les faits qu'il évoque sont réels, les personnages qu'il dépeint correspondent à des personnes de son entourage.

L'ouvrage est également pour lui un moyen de critiquer son époque et le mode de vie occidental. Sylvain Tesson dénonce par exemple la dimension matérielle du confort ainsi que l'invasion de l'électronique et du numérique dans nos existences, qui nous empêchent de voir l'essentiel.

Un essai philosophique

Le livre peut aussi être classé parmi les essais dans la mesure où l'auteur y consigne ses propres réflexions philosophiques et politiques sur la nature humaine, le monde qui l'entoure, le progrès, la société, l'amour, etc. Chaque chapitre propose ainsi un fragment de la pensée de l'auteur. Par sa structure même, *La panthère des neiges* se rapproche donc des *Essais* de Montaigne, ouvrage fondateur du genre.

L'aspect fragmenté du livre est renforcé par le patchwork que constituent les nombreuses citations de penseurs que le narrateur mobilise sur des sujets variés : la nature avec Héraclite, la conscience animale avec Aristote, la condition humaine avec Pascal, l'attente amoureuse avec Proust, la morale avec Nietzsche, etc.

De manière générale, les réflexions du narrateur sont marquées par la philosophie taoïste, très présente dans cette partie du Tibet. On retrouve en effet dans le récit un lien étroit entre les préceptes du taoïsme et l'affut, activité principale du narrateur et de ses amis. En effet, cette philosophie prône une forme de passivité et d'inaction. Sylvain Tesson mentionne notamment la notion de *Wu wei*, « l'art du non agir » qui vise à vivre en conformité avec le mouvement de la nature. L'auteur déclare ainsi que l'affut est « un exercice d'Asie » (p. 159). Dans le chapitre intitulé « L'unique et le multiple » (p. 73), il présente une autre notion clé de cette philosophie, à savoir l'idée que toutes les choses proviennent du même principe, même celles qui nous semblent opposées. Le Tao est ainsi défini comme une « force primitive émiettée en une multitude de formes sadiques » (p. 74). D'autres préceptes de la doctrine sont également énoncés, tels que le fait de ne rien désirer ou l'aspiration à demeurer égal dans le succès comme dans l'échec.

L'auteur ne se contente pas de présenter les grandes lignes du taoïsme, il nous en livre sa vision personnelle en la qualifiant de « doctrine pour solitaires » ou encore de « foi de loup ». Il souligne également comment cette doctrine l'aide au quotidien. Le précepte de « ne rien attendre de l'attente » (p. 152) l'aide par exemple à patienter lors des journées d'affut.

À travers l'évocation des philosophies orientales (voir notamment le chapitre « La consolation du sauvage », p. 179), l'ouvrage invite également à réfléchir sur les différences entre l'Orient et l'Occident dans leur façon de concevoir et habiter le monde. Le livre oppose en effet les philosophies indouistes et taoïstes, qui cultivent la patience, le silence et le vide, à une pensée anthropocentrique, gouvernée par les valeurs de performance et d'efficacité. Le voyage en Asie apprend ainsi au narrateur à accepter le monde tel qu'il est, plutôt qu'à vouloir le transformer. Il s'agit donc également d'un voyage initiatique, dans la mesure où il initie l'auteur-personnage à une nouvelle façon de penser.

LA RECHERCHE DE LA PANTHÈRE, UNE QUÊTE INITIATIQUE

Un apprentissage du monde

Sous plusieurs aspects, *La panthère des neiges* se présente comme un récit initiatique, dans la mesure où l'auteur-narrateur se dit transformé par son séjour au Tibet. De fait, on retrouve dans la littérature un lien intrinsèque entre le voyage et l'apprentissage de soi, étant donné que la découverte d'un nouveau lieu et d'une culture radicalement différente est susceptible de bouleverser nos représentations mentales et nos habitudes. Toutefois, dans *La panthère des neiges*, l'expérience de dépaysement ne se situe pas tant sur le plan géographique, dans l'exotisme du lieu – que le narrateur a d'ailleurs déjà parcouru en vélo –, que dans la nature des activités réalisées : il apprend en effet à rester plusieurs heures, voire plusieurs journées, immobile, chose qu'il n'est jamais parvenu à faire auparavant.

Dès le début du récit, il souligne ainsi comment l'expérience de l'affut transforme sa façon d'être au monde. Cela modifie en effet son rapport au temps, en lui enseignant à vivre dans l'attente et à tenir la patience comme une « vertu suprême ». Elle modifie également son rapport au mouvement. Il prend en effet conscience que l'immobilité est parfois plus féconde, permettant de vraiment voir ce qui se passe autour de soi.

Cet apprentissage passe par une éducation – ou plutôt une rééducation – du regard. Munier lui enseigne en effet à identifier l'indiscernable, à voir parmi les roches ou les talus les silhouettes d'animaux qui se confondent avec le paysage. La recherche de la panthère amène le narrateur à développer cette faculté, puisqu'il s'agit de l'animal par excellence du camouflage et de la discrétion. Cette capacité à « voir l'invisible » (p. 50) est présente chez les très jeunes enfants, dans la mesure où leur œil n'est pas encore formaté à ne voir que ce qu'ils connaissent déjà. Chez l'adulte au contraire, le regard est conditionné par l'habitude, il ne sait voir que les éléments que son esprit peut identifier et classer dans des catégories connues. La quête de la panthère apprend ainsi au narrateur à porter un regard neuf sur le monde. Il sait désormais qu'il est entouré de présences, à savoir d'animaux qui le regardent et vivent à ses côtés sans qu'il en ait conscience.

Une quête amoureuse et spirituelle

Dès le premier chapitre, Sylvain Tesson explique qu'il associe à la panthère une femme qu'il a aimée et perdue. La recherche de l'animal devient ainsi une quête amoureuse, le narrateur pensant retrouver dans la rencontre avec la panthère quelque chose de l'être aimé et disparu.

Cette quête amoureuse s'avère être une quête spirituelle, dans la mesure où il s'agit à travers une présence – celle de la panthère – de raviver le souvenir d'une absente, que ce soit la femme aimée au début du livre ou la mère disparue, à la fin du récit. En effet, il croit voir dans la dernière apparition de la panthère le visage de sa mère défunte. Chercher la panthère est ainsi une façon d'apprivoiser l'absence et la mort. Par ailleurs, le narrateur explique dès l'avant-propos qu'il associe l'immobilité à la mort, d'où son besoin constant d'être en mouvement. En le forçant à rester immobile pendant plusieurs heures, l'affut devient dès lors un moyen de surmonter sa peur de la mort.

Les métaphores de la panthère soulignent la dimension mystique de la quête. L'animal est en effet décrit avec des termes qui relèvent du sacré. Le narrateur compare par exemple leur première rencontre à une « apparition religieuse » (p. 117), érigeant ainsi cette dernière au rang de déesse qui se manifeste seulement aux initiés. Elle est décrite comme intouchable et est également associée à l'esprit des neiges, à une clé qui ouvre sur un monde incommunicable, et même à « l'Être » (p. 120), c'est-à-dire à Dieu. De plus, la vision de l'animal provoque chez lui un bouleversement intérieur, un saisissement semblable à l'expérience mystique qui précède une conversion.

Dans cette expérience religieuse, Munier est présenté comme une sorte de prêtre qui initie les profanes au sacré. À travers l'art du camouflage, il apprend en effet à ses compagnons à renoncer à eux-mêmes, à s'oublier, pour parvenir à voir au-delà des apparences, pour regarder l'invisible.

L'attente tient une place capitale dans cette initiation au sacré. Associée à la prière, elle enseigne à l'homme à aimer et à vénérer le monde qui l'entoure, sans chercher à le changer. L'attente vécue par le narrateur est restituée dans la structure même du livre, puisque ce dernier raconte sa rencontre avec la panthère seulement dans la dernière partie du livre, alors que le lecteur attend le récit de cette rencontre dès le premier chapitre. Le lecteur est ainsi invité à vivre à son tour cette expérience de l'attente.

UN RÉCIT CONSTRUIT SUR L'OPPOSITION ENTRE LE MONDE SAUVAGE ET LE MONDE MODERNE

Le récit est construit sur l'opposition entre le monde sauvage et le monde moderne, entre l'authenticité d'une vie dans la nature et l'artificialité d'un univers industrialisé.

On retrouve donc dans le récit un mélange de registres : lyrique quand il s'agit de décrire la nature et les animaux qui l'habitent, polémique pour dénoncer l'action de l'homme sur Terre.

Une ode à la nature et à la sauvagerie

Le paysage des montagnes tibétaines est décrit de manière poétique. L'auteur recourt à un certain nombre d'images qui rapprochent la nature d'une œuvre d'art, telles que celles du soleil blanchissant la Terre ou des pentes noires coulant du ciel au début de la deuxième partie du récit.

Les passages évoquant la panthère et la femme aimée sont très lyriques. Le narrateur exprime de manière exaltée ses sentiments pour ces deux créatures associées l'une à l'autre. Cette exaltation est visible dans l'emploi de tournures hyperboliques. Par exemple, le narrateur utilise un superlatif pour dire ce qu'il ressent en voyant pour la première fois la panthère : « c'était le plus beau jour de ma vie depuis que j'étais mort » (p. 120). De même, la beauté de l'animal est restituée par une longue énumération des éléments qu'évoque son pelage – les crêtes, les versants, les névés, l'automne des versants, le secret des orages, etc. L'animal comme la femme aimée sont ainsi dépeints avec des termes extrêmement laudatifs.

Un ouvrage polémique sur la disparition des espèces

Si le texte est lyrique et poétique dans son évocation de la nature et des êtres qui lui sont associés, il prend également un ton grinçant et cynique lorsqu'il évoque le monde moderne. Le recours fréquent au sarcasme et à l'aphorisme inscrit l'ouvrage dans la filiation des épigrammes latines et des *Maximes* de La Rochefoucauld. L'ironie est très souvent présente, permettant par exemple de dénoncer la pratique de la chasse : « Il faut le comprendre le pauvre, il est injuste d'être bedonnant quand vaque autour de soi un peuple tendu comme l'arc » (p. 45-46).

Le registre polémique est surtout visible dans le dernier chapitre du livre, le récit se clôturant par une phrase empreinte de cynisme et de mélancolie : « L'ombre gagnait. Adieu panthères ! » (p. 186). On peut y voir un message de désespoir, dans la mesure où la phrase entérine la disparition des panthères et des animaux de manière générale.

Sylvain Tesson brosse un portrait très sombre de l'être humain qui, par son orgueil démesuré et son égoïsme, a détruit l'ancienne harmonie du monde et provoqué la disparition de nombreuses espèces. Il dénonce également des modes de vie globalisés qui reposent sur la vitesse et l'instantanéité, sur le bruit et l'activité.

On peut donc observer un renversement des perspectives dans le récit. En dénonçant l'action de l'homme sur Terre, l'auteur place le développement des êtres humains, la modernité, l'urbanisation et le progrès technologique sous un signe négatif. Les villes deviennent par exemple des « cimetières urbains » (p. 184). L'auteur établit par ailleurs un lien de causalité direct entre la prolifération de l'espèce humaine et la mort progressive des autres espèces.

Le texte invite ainsi à repenser les rapports entre l'homme et le vivant et notre place dans l'univers.

Quelle place tient l'art dans cette antinomie entre sauvagerie et modernité ?

L'ouvrage propose une réflexion sur le rôle de l'art dans un monde où la technologie prend peu à peu la place de la nature.

L'écrivain utilise un vocabulaire spécifique à l'univers théâtral pour décrire les apparitions et disparitions des animaux. Ces derniers font penser à des acteurs apparaissant sur une scène de théâtre. La nature devient ainsi un spectacle qu'il s'agit de savoir contempler.

Dans le chapitre intitulé « Les enfants du vallon » (p. 133), le parallélisme établi entre la façon dont les enfants voient le monde et le regard de l'artiste souligne l'idée que la création artistique implique de porter un regard neuf sur le monde, un regard qui ne soit pas formaté par l'éducation ou altéré par l'habitude.

L'auteur estime par ailleurs que l'art a un rôle semblable à la religion ou la spiritualité, puisqu'il permet de « recoller les débris de l'absolu » (p. 63). En outre, il oppose le regard des scientifiques, aveuglés par l'idée de connaissance, à celui de l'artiste – Munier – qui voit véritablement le monde en recherchant la beauté des choses. Selon Tesson, cette aptitude à déceler le beau permettrait de préserver la planète, en incitant les hommes à protéger leur environnement. Malheureusement, la plupart d'entre eux ne savent pas regarder ce qui les entoure. L'art est donc essentiel parce qu'il est un moyen d'éduquer le regard des hommes, en leur montrant la beauté des choses (végétaux, animaux), et d'entretenir ainsi une relation plus respectueuse, plus horizontale avec les autres espèces vivantes.

PISTES DE RÉFLEXION

QUELQUES QUESTIONS POUR APPROFONDIR SA RÉFLEXION...

- Peut-on qualifier le narrateur de misanthrope ? Pourquoi ?

- Comparez ce livre au récit *Croire aux fauves* de Nastassja Martin ? Quels sont les points communs entre les deux écrivains dans leur façon de voir les animaux ? Quelles différences pouvez-vous établir dans leur démarche ?

- Selon vous, y a-t-il une opposition ou une continuité entre nature et culture dans *La panthère des neiges* ? Justifiez votre réponse.

- Sylvain Tesson a-t-il un parti pris plutôt scientifique ou plutôt littéraire dans ce livre ? Cherche-t-il l'objectivité ? Expliquez pourquoi.

- Comment comprenez-vous les quatre dernières phrases du livre : « Nous en avions fini avec la Terre. L'univers allait à présent apprendre à connaitre l'homme. L'ombre gagnait. Adieu panthères ! » ? Quelle vision de l'avenir l'auteur nous donne-t-il ?

- À propos du livre, le critique littéraire Michel Crépu déclare dans l'émission *Le masque et la plume* : « Il a vu de loin, à la jumelle, la panthère. C'est ça qui fait problème pour moi, je trouve certes beaucoup de belles phrases, mais ce n'est pas ça qui m'intéresse. Ce qui m'intéresse, c'est le côté très concret. Comment ça se passe le matin ? Il se lève à quelle heure ? Quel est le moment de la journée où on peut apercevoir cette foutue panthère ? Et là, je ne lis pas ça. Ce que j'ai, c'est un récit lyrique, un récit poétique [...] ». Êtes-vous d'accord avec lui ? Justifiez votre réponse.

- Comparez ce récit au roman *Les métamorphoses* de Camille Brunel. En quoi ces deux livres peuvent-ils être qualifiés de militants ? Quelle cause défendent-ils ? Quelles différences pouvez-vous toutefois relever entre eux dans les procédés littéraires utilisés ?

- Quels passage ou chapitre avez-vous particulièrement appréciés ? Quel(s) passage(s) vous a-t-il (ont-ils) dérangé ? À partir de vos réflexions sur les questions précédentes, proposez votre propre critique du livre, à la manière de Michel Crépu, et postez-la sur Babelio.

POUR ALLER PLUS LOIN

ÉDITION DE RÉFÉRENCE

- Tesson S., *La panthère des neiges*, Paris, Gallimard, collection « Folio », 2021, 192 pages.

ÉTUDES DE RÉFÉRENCE

- Le Huenen R., « Le récit de voyage : l'entrée en littérature » dans *Études littéraires*, vol. 20, 1987. URL : https://www.erudit.org/fr/revues/etudlitt/1987-v20-n1-etudlitt2233/500787ar.pdf

- France Culture, « Sylvain Tesson : "Le face-à-face avec l'animal, c'est la véritable expérience de l'Altérité" », émission « La Grande Table Idées » du 25/10/2019. URL : https://www.franceculture.fr/emissions/la-grande-table-idees/sylvain-tesson-le-face-a-face-avec-lanimal-cest-la-veritable-experience-de-lalterite

- France Inter, « "La Panthère des neiges" de Sylvain Tesson : comment "Le Masque et la Plume" a-t-il vécu l'aventure ? », article du 02/01/2020. URL : https://www.franceinter.fr/livres/la-panthere-des-neiges-de-sylvain-tesson-comment-le-masque-et-la-plume-a-t-il-vecu-l-aventure

ADAPTATIONS

- Amiguet M. et Munier V., *La panthère des neiges* [documentaire] à paraitre le 15/12/2021.

Votre avis nous intéresse !
Laissez un commentaire sur le site de votre librairie en ligne
et partagez vos coups de cœur sur les réseaux sociaux !

lePetitLittéraire.fr

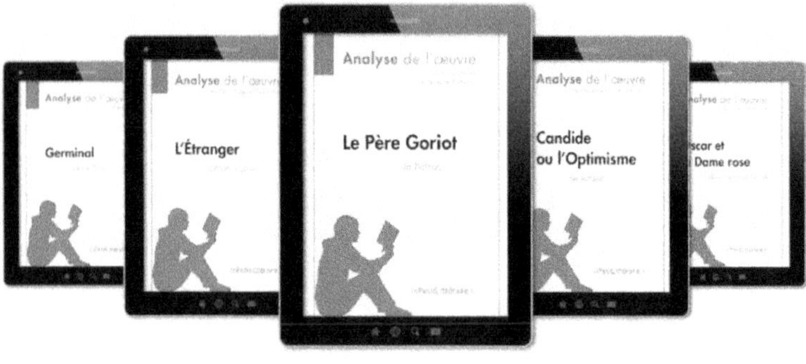

- un résumé complet de l'intrigue ;
- une étude des personnages principaux ;
- une analyse des thématiques principales ;
- une dizaine de pistes de réflexion.

**Retrouvez
notre offre complète sur
lePetitLittéraire.fr**

ISBN version numérique : 9782808024211
ISBN version papier : 9782808024228
Dépôt légal : D/2021/12603/50

Conception numérique : Primento,
le partenaire numérique des éditeurs.

9 782808 024228